"O temor ao SENHOR é bom e dura para sempre…
São mais doces do que o mel, mais doces até do que o mel mais puro."

Salmo 19:9-10

Eu amo minha Bíblia!

Escrito e ilustrado por
Debby Anderson

"A tua palavra é lâmpada para guiar os meus passos,
é luz que ilumina o meu caminho."

Salmo 119:105

I Love My Bible!

Text and illustrations copyright © 2005 by Debby Anderson
Published by Crossway Books
 a publishing ministry of Good News Publishers
 Wheaton, Illinois 60187, U.S.A.
 www.crossway.org
This edition published by arrangement with Crossway. All rights reserved.

© 2013 Publicações Pão Diário
Tradução: Rita Rosário
Revisão: Thaís Soler
Adaptação gráfica e diagramação: Audrey Novac Ribeiro
Ilustrações: Debby Anderson

Proibida a reprodução total ou parcial, sem prévia autorização, por escrito, da editora. Permissão para reprodução: permissao@paodiario.org
Todos os direitos reservados e protegidos pela Lei 9.610 n.º 9.610/98.
Exceto se indicado o contrário, as citações bíblicas foram extraídas da Nova Tradução na Linguagem de Hoje
© 2000 Sociedade Bíblica do Brasil.

Publicações Pão Diário
Caixa Postal 4190, 82501-970, Curitiba/PR, Brasil
publicacoes@paodiario.org
www.publicacoespaodiario.com.br
Telefone: (41) 3257-4028

Código: NC772 • ISBN: 978-1-60485-710-8

1.ª edição: 2013 • 4.ª impressão: 2022

Impresso na China

Para Ronnie Davis,

o marido cristão e carinhoso que Deus deu a nossa filha Jenny;

uma resposta de oração que Deus nos concedeu.

Com amor de mãe.

Eu amo a minha Bíblia porque ela é o livro de Deus! E Ele diz que todos os que a leem e a obedecem vão crescer fortes como uma árvore plantada à beira de um rio.

Salmo 1:2-3

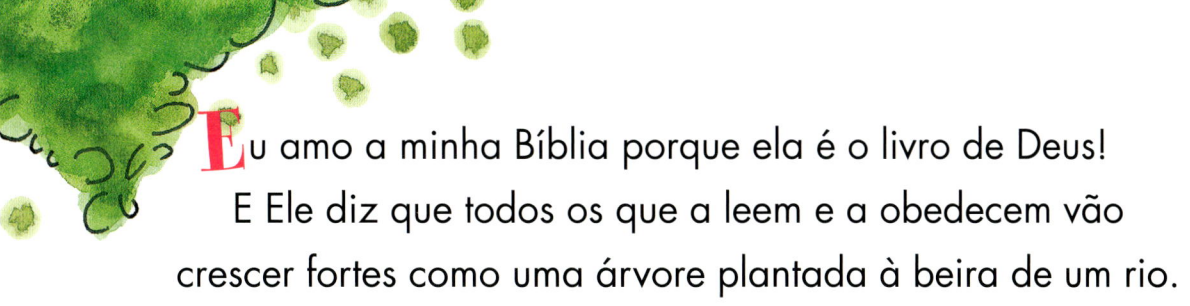

Nós gostamos de ler livros sobre dinossauros e cabanas e coelhinhos... mas a Bíblia é o melhor livro do mundo inteiro!

Isaías 40:7-8

A Bíblia é diferente dos outros livros...

Não é apenas um livro de ciências,
apesar de falar de animais, de enchentes e do universo.

Não é apenas um livro de história,
apesar de falar de reis, de países e guerras.

Não é um livro só de histórias de caçadores...

…ou um conto de fadas como Cinderela…

…ou de uma aventura de faz de conta como um *vídeogame*.

A Bíblia é diferente de outros livros porque é a Palavra de Deus! As suas palavras são totalmente verdadeiras!

Salmo 119:160

A Bíblia também é diferente
de outros livros
porque explica tudo sobre Jesus
e como Ele nos mostra
o amor de Deus.

A Bíblia está cheia de
histórias maravilhosas
sobre o amor de Deus
pelas pessoas!

João 3:16; 20:31

Rute

O mar revoltoso

Moisés e Míriam

José e a sua túnica colorida

A Bíblia nunca vai ser um livro ultrapassado. Vai durar para sempre.

Nós podemos ler a Bíblia a nossa vida inteira e mesmo assim vamos descobrir coisas novas sobre Deus.

Salmo 119:89-90

A pesar de 40 pessoas terem escrito partes da Bíblia ao longo de centenas de anos, tudo se encaixa perfeitamente. Deus mostrou aos escritores o que eles deveriam escrever, e eles escreveram cada um do seu jeito, cada um de um jeito muito especial.

2 Pedro 1:19-21

Exceto pelos Dez Mandamentos...
Deus os escreveu diretamente na rocha!

Paulo

Neemias

Salomão

Davi

Quando você ganha um novo patinete, ele vem com um manual de instruções que ensina a melhor maneira de montá-lo e cuidar bem dele.

A Bíblia contém as instruções de Deus para as pessoas. Como foi Deus quem nos criou, as Suas instruções nos mostram o melhor jeito de viver!

2 Timóteo 3:16-17

Quando nós memorizamos a Palavra de Deus, temos os Seus recadinhos em nosso pensamento o tempo todo. Eles são como uma lanterna que ilumina os caminhos por onde precisamos andar. *Salmo 119:105*

Escrever trechinhos da Palavra de Deus nos fazem aprender ainda mais!

Deus quer que todos tenham a Sua Palavra.
Mas muitas pessoas ao redor do mundo não têm Bíblias.
Muitas vezes, algumas pessoas distribuem apenas algumas páginas da Bíblia, ou as copiam para compartilhar com os outros.

Em alguns lugares, as pessoas devem guardar as suas Bíblias num esconderijo.

Lucas 24:45-47

Em outros lugares, a Bíblia ainda não foi escrita na língua que as pessoas falam. Os missionários ajudam a traduzir a Bíblia na língua dessas pessoas.

Vamos compartilhar e ajudar todas as pessoas a terem suas próprias Bíblias

Mateus 28:19-20

É legal ler a Bíblia todos os dias.
Você pode ler na hora do jantar... na hora de ir para a cama...
ou na hora que quiser!

Salmo 119:147-148

Você pode ler e aprender muita coisa que está na Bíblia em casa, na igreja... ou em qualquer lugar!

Deuteronômio 6:6-9

"Vocês receberam sem pagar...

...deem sem cobrar."
Mateus 10:8

"**O**brigado Deus, por nos dar a Bíblia. Ajuda-nos a brilhar como estrelas resplandecentes. Ajuda-nos também a compartilhar a Tua palavra e o Teu amor com todos!"